句集

サングラス

石川誠一著

鉱脈社

耳

ジャン・コクトー

私の耳は貝の殻海の響きを懐かしむ

（堀口大学訳「月下の一群」より）

昭和四十五年

火の島の春灯海へこぼれつぐ

医学部を卒業して外科教室に入局した。教室の後輩に猪島蘇風さんがいて、彼に俳句を勧められて俳句を始めた。

雲に浮くごとし初湯の吾子を抱き

私はよく赤子を風呂に入れてやった。私は裸にされた赤子を受け取り、湯に浮かべるだけだが、赤子は気持ちよさそうであった。

昭和四十六年

遠泳の背にとどろけり桜島

鹿児島の中高校では学校の行事として遠泳をしているところがある。桜島から鹿児島の磯海岸まで。遠泳の後ろから噴煙がとどろき上がる。

昭和五十九年

耳折れの兎らも聞く卒業歌

日南海岸に面して大浦小学校があった。兎小屋があり五、六羽の白兎が飼われていた。折から生徒たちの歌う「蛍の光」が聞こえてきた。

昭和六十年

焼酎を妻が手渡し出漁す

夕方、出漁前の舟に女が駈け寄り、焼酎を一本手渡した。漁をしながら飲む焼酎も旨いことであろうと思った。

波止に逢ひ波止に別るる雁の頃

大島民郎、古賀まり子先生たちは船で別府に来られ、翌日港でお別れした。『橡』誌が創刊された頃であった。

昭和六十一年

萩寺の萩のをはりの雨けぶる

秋櫻子の句集を携えて、奈良や飛鳥を訪ねた。白毫へ行ったのは夕方で白萩はほとんど散り、小雨が降っていた。

核兵器あると思へず日向ぼこ

北朝鮮がミサイルの核実験をはじめた頃である。核兵器を使ったら人類は自滅する。

ロボットに職を奪はれ文化の日

今でも文化は発展し続けている。これからも人間は職を奪われてゆく。

昭和六十二年

若き日は過ぎぬ筒鳥をちに鳴き

えびのの六観音池の霧の中で、ボッツボッツボッツボッツと何かが鳴いた。米谷静二先生に「あれは筒鳥ですよ」と教えてもらった。

鴛鴦ねむる水面に夢を映しつつ

一群れの鴛鴦が昼寝をしていた。見ている夢を水面に映しながら。

坊の津の小石を拾ふ鑑真忌

坊の津は、鑑真和上が日本に上陸されて、日本の地を踏まれたところ。「椽」吟行会の作品。

昭和六十三年

朝桜描く画家あり近寄らず

西都原に桜を見に行った。薄明の満開の桜の下に、桜に囚われているような画家が、絵を描いていた。

手負猪仔犬に咬ませ猟期了ふ

生きた猪を猟犬に咬ませ、弱り切ったその猪に猟犬の子と戦わせて、猟犬を育てる。

背骨まで冬日あたたか遷子の忌

相馬遷子は「馬酔木」の高潔な俳人で医師。胃癌で逝去された。

平成元年

おほみづあを山湖に溺れ明易し

薄い灰色がかった水色の大型で幻想的な蛾。未明、山上湖に翅を広げて浮かんでいた。

平成二年

初富士や初めて富士を観る妻に

初句集名『初富士』は星眠先生がこの句からとっていただいた。私だけ旅をして、家内はいつも留守をしてくれた。

平成三年

神楽の夜明けて鶺鴒きよらなり

夜神楽がおわり、帰る途中、朝日を浴びた白鶺鴒が、神々しくきらきらと輝いた。

穂高見て乙女ら囓る青林檎

上高地の河童橋の近くに登山姿の少女たちが青林檎を囓っていた。彼女たちの青春が眩しかった。

平成四年

風花に巻かれ春星回りけり

五月の連休に軽井沢へ行った。夜ホテルから出ると、雪が降っていた。雪の隙に星が見えた。これは夜の風花だと分かった。

水脈曳くは鴨か無月の雲場池

軽井沢の雲場ヶ池は、秋櫻子、波郷、星眠先生たちの俳句のメッカである。

平成五年

死を逃れ老爺涼しく笑ひけり

誤嚥性肺炎を繰り返す患者だった。九十歳を過ぎていた。病気が悪くなっても、この患者は泰然自若としていた。高僧のような患者であった。

かなかなに鳴かれて通る五木村

五木村はダムが出来て湖底に沈んでいた。湖水が減少すると村の跡が現れる。ダムの入り口に「五木の子守歌」の石碑が建っていた。

青島の月夜の狐狸に憑かれけり

十五夜、数名の句友と青島を一回りした。東の波状岩で狸たち数匹集まって、月見の宴の最中であった。わたしたちも宴に招かれた。

平成六年

父の日の父を素通り子の電話

大学に行っている子供からの電話であろう。子供から私に電話はなかった。仕送りは家内がしていた。

木の枝に童女が一人初ざくら

小学五年生の女の子。猿のようにするすると木に登る。独りで登って遊んでいる。木登りが好きで上手なのだ。

父の日のいつ衰へし力瘤

若い頃は、両腕に二人の子供をぶら下げて、ぐるぐる回したものだ。机の上で腕を曲げて、盛り上がる力瘤を見せたものだ。

平成七年

留学の子の電話なる薔薇の朝

若い頃わたしも留学を夢見たが、果たせなかった。息子にとって今の時間は薔薇より美しい時間であろうと思った。

妻が守る珠の小家や冬隣

主婦の仕事は切れ目がない。朝から寝るまで仕事の連続である。最近妻が入院してよく分かった。

想思樹の花に気づかぬ老夫婦

宮崎には、想思樹というアカシアに似た黄色い花の咲く樹がある。その花の下を老夫婦が楽しそうに、早足に通って行った。

平成八年

もらひたる長き自然薯妻が折る

洋傘より長そうな自然薯を、患者から貰った。それを掘るには小半日はかかるそうだ。料理するとき、妻は無造作に折った。

母の忌の柚子湯の柚子が一つ寄る

冬至湯に入ると、羊水の中で遊んでいるような気がする。私が五歳のとき母は亡くなった。

手にのせて雲のかろさの雲雀の子

双眼鏡で堤防に雲雀の巣を見つけた。悪いことだが巣に行って、雲雀の子を捕まえた。雛に重みを感じなかった。

その鎌の獲物は何ぞ小かまきり

五㎜位の子かまきりでも自立しているようだ。子かまきりを拡大すれば立派な姿である。ちゃんと餌を捕っている。

青鳩や森は睡魔に襲はれて

五月頃、霧島の火口湖のあたりでよく鳴く。「オーワオ、オワオー、オー、ワオ、ワオー」。何回もくり返す。これを聞いていると眠くなる。

平成九年

北越の吹雪に火だつ火炎土器

越後の博物館で、不思議な形をした土器を見た。四十cm位の土器で、上縁にとなかいの角のようなものが出て、「火炎土器」と言われている。

平成十一年

白菜を割れば日輪みぎひだり

包丁で白菜を切ると、白い光を放って二つに割れる。俳句には写生が大事だと思うようになった。

粥腹に夜神楽太鼓容赦なし

急性膵臓炎を患い、後輩の島山医師の治療を受け回復した。太鼓の音でも腹に響いた。

青啄木鳥の頭にも雪ふり春遠し

アオゲラはツグミぐらいの大きさで赤い帽子を被ったように頭頂が赤い。嘴で木の幹を打つ。遠くからでもよく聞こえる。

まだけぶる末黒野ゆけり回復期

末黒野は、川べりの茨や芒など半焼けに残っているのをいう。病後、足が弱っていたが野焼きを見に行った。

啓蟄や土器より出づる鶏の骨

ある患者の庭に飼っていた鶏が土器を掘り出して、
その土器の中から鶏の骨が出て来た。

花過ぎの親豚こぶたよく睡る

子豚たちが親豚の乳を飲んでいるところを見たこ
とがある。親豚は、乳の数ほど子豚を産む。子豚
の飲む乳は決まっているそうだ。

初鮎の中の一尾は血を刷ける

愚息と鮎釣りに行った。友釣りという漁法である。十匹ぐらい釣れたが、その中の一匹だけ血が滲んでいた。

梅雨の寺木魚の機嫌悪からず

人吉城に隣接した古刹あたりを吟行しているとき、木魚を打つ音が聞こえて来た。雨が降っていたが、軽快な感じがした。

昼寝せり黒猫腹を薄くして

猫は涼しい所を知っている。風も涼しい風がよく通る。その猫は板のように薄くなっていた。熱をうまく放散していたのである。

笹五位の後に眼ありにけり

ゴイサギに似るが、サギより小さい。サギは普通自分より前方の獲物を狙うが、この笹五位は後ろにいる魚を一瞬で仕留めた。

鯉の尾が逃口さぐる秋の暮れ

夕暮れであったが鯉の姿はよく見えた。その鯉は囲いから逃げ口を探しているように見えた。目ではなく、尾鰭で探っていたようだ。

球磨急流一夜とどろき無月なり

猪島蘇風さんたちと人吉に月見に行った。日本三大急流の音だけを聞いて帰った。

初夏の乙女手を振る天守閣

天守閣の上から乙女たちが手を振っていた。何回か落城した城だそうである。

白鳥の胸に古城の影ゆるる

スイス・パリ

スイスにあるレマン湖に古城があり、バイロンの落書きが残っている。古城の影が波に揺れ、二三羽の白鳥の影も揺れていた。

登山電車車掌の髭に迎えられ

アイガー（アルプスの高峰。３９７０ｍ）へ登る登山電車がある。車掌たちはみな大きなカイゼル髭をたくわえ、笑顔で迎えてくれた。

アイガーの新雪に顔曝しけり

登山電車はアイガーに沿って上って行く。終着駅を出たら真っ白のアイガーが目の前にあった。アイガーに登頂したような感激であった。

白鶺鴒春あけぼのの雪に舞ふ

白馬岳の麓に明るい雪が降っていた。綿のような雪だった。その雪と雪との隙を鶺鴒が飛んでいた。雪の隙をくぐるように飛んでいた。

からたちの棘を砦に鵙巣組む

からたちの棘は栗の毬のように外を向いている。棘は堅く鋭い。そこに鵙が巣を作っていた。あの砦の雛や玉子は安全であろう。

初花を遊びごころに散らす鶯

桜はまだ散る頃ではないのに、沢山散っている桜があった。その桜に鶯がとまっていて、桜の花を啄んでいた。桜を散らして遊んでいるようだった。

二色の馬の毛垂らす雀の巣

厩舎には雀がよく巣を作る。巣から長い馬の毛が垂れていた。茶色と白色。馬の尻尾の毛であろう。これを使えばあたたかい巣ができるだろう。

やはらかき仔馬の口に手を噛まれ

都井岬には野生馬が二百頭余り生息している。誰かが仔馬を捕まえて悪戯していたので私も馬の唇に触った。すじの無いやわらかい唇だった。

恋蛍炎えつつ離る椎葉村

椎葉の民謡に那須大八と鶴富姫の物語がでてくる。吉川英治は椎葉に来たという。一杯やりながら民謡を聞くと実話のようにも思える。

夕河鹿人払ひして鳴きはじむ

人類は自然と共存して生きてきたが、現今は自然を破壊している。自然を破壊する者は自然から追い出される。

平成十二年

一茶旧居都忘れの花も咲き

信濃の柏原へ行った。一茶旧居を訪ねた。旧居の庭に都忘れが咲いていた。一茶は柏原の雪の中で都を偲んだことだろう。

噺家を待つ座布団に淑気あり

新年の句会の後、新宿で落語を聞いた。大きな紫色の座布団が噺家を待っていた。座布団が噺家の運命を決めるような気がした。

秋澄めり狼煙の見えぬ狼煙台

万里の長城は秋天に続いていた。狼煙台も天へ続いていた。狼煙の煙が秋天に上がった時の長城を想像してみた。

落魄の老いのじょんがら雪止まず

句会の後、新庄へ行き、翌日最上川を船下りした。新庄の料理屋でそこの主人がじょんがらを弾いてくれた。雪の降る夜であった。

パリ

秋深し泣きつつ歩むパリジエンヌ

セーヌ川の堤防の川べりにも舗道がある。若い金髪の女性が泣きながら、横を通って行った。

田の面を花鶏千羽の津波来る

アトリの二、三千羽の群れが来た。田んぼの中にいて田んぼが暗くなるほどであった。その群れを追う鷹がいた。

はやばやとジョーカー抜かれ春着の子

孫たちが小さい頃、正月にトランプをした。自分にジョーカーが回ってくると体が動き、春着も動いた。

火口湖の氷を破り龍天に

中国では、龍は春分に天に昇ったと信じられていた。宮崎の六観音池は氷湖になっていたが、春になると厚い大きな氷に亀裂が走った。

至佛山ゆれてボッカの荷が高し

尾瀬から峠に下りる時ボッカ（歩荷）と擦れ違う。ボッカの荷は重い。荷が首から五十cmは出ている。荷が揺れると至佛山も揺れる。

海神のまどろむ真昼カンナ咲く

都井岬を囲む海は、昼寝をしているように凪いでいた。手前のカンナは焔のように鮮烈であった。

平成十二年

大鰻真夜釣れてより人怖し

御池という火口湖を真夜中廻っているとき、ゴソゴソと音がした。大きい鰻が釣れた。その釣り人は妖怪ではないかと思った。

渓渉る少女の跣足くれなゐに

少女たちが渓を裸足で渉っていた。足は紅色になり冷たそうだった。

酒絶ちし味覚の異変さくら餅

平成十年膵炎を患い、禁酒を命じられた。それから急に甘いものを食べるようになった。

名曲に春の厨の音まじる

学生時代、喫茶店でクラシックをよく聞いた。ベートーヴェン、ショパン、ブラームス、ショスタコーヴィチ等。今は台所の音もまじる。

梅雨に倦む鸚《いん》哥《こ》のこだま遊びかな

梅雨も長引いてくると鸚哥もうんざりするようだ。そんなとき鸚哥は大きい声を出してその反響を楽しんでいるようだ。

手に力入れず弛めず鮎つかむ

友釣りにする鮎を息子が手で摑む。一番元気のよいのを摑む。息子は手先が器用だから生きのよいのを容易に摑んだ。

やんま生れみるみる眼澄みゆけり

やごが草の茎につかまりながら水中から出てきた。眼は白濁していたが、四、五分の間に透明になった。

犬山城いまは涼しく川流れ

犬山市にある城。一五三七年築城。国宝。木曽川南岸に屹立する。

都忘れ一茶旧居に咲いてをり

柏原の一茶旧居の小さな庭に都忘れが咲いていた。都にながく放浪をしていた一茶である。

朝ねむき白樺夜鷹鳴きどほし

夜、妙高高原のホテルから外に出て、夜の吟行をした。森の中から夜鷹の声がきこえて来た。キョッキョッキョッキョッ……と一晩中鳴いていた。

手の届く幸せもありさくらんぼ

公園のさくらんぼが生って熟していた。手の届くさくらんぼもあった。年をとると夢が無くなってくる。幸せは高いところにしかないのだろうか。平凡な日常には幸せはないのだろうか。

漁のなき笹五位が頭を搔きにけり

笹五位は自分の後にいる魚でも捕れる。後のほうにも眼があるようだ。小鷺は追い込んだ小魚を上手に捕る。

音たてず馬が水飲む大暑かな

水を飲むとき犬は舌を鳴らすが、馬は音がしない。大きなバケツの水がたちまち無くなる。馬の唇はよく出来ている。

悼　末盛元二氏

健脚の友はいづこへ紅葉狩り

終戦直後末盛さんはシベリアの方に抑留され、夫婦離ればなれになったが、解放されて日本に帰る途中、満州で偶然奥様に再会されたという話を聞いた。

騎手落としポニー駆けゆく小春かな

草競馬では子供の騎手もいて面白い。騎手を落としたポニーは気持ちよさそうに走り、一着となった。

除夜の鐘うしろにも時流れゆき

楽器で奏でられる音はやがて消滅する。耳にまだ残っている間にもう一度そのメロディーを起こす。それがリフレーンであろう。リフレーンは時間の逆行であろうか。

来る虫をどれも厭はず花八ツ手

別名　テングノハウチワ

十月ごろ花が咲く。何種類もの虫たちがきて蜜を吸う。葉は広く虫たちは落ちない。大きな食卓のようである。

平成十三年

春雪をくぐりつつ舞ふ四十雀

春の雪は大きい。ふわふわ舞いながら落ちる。光を含んで柔らかい。四十雀はその間際を潜り抜けながら飛ぶ。

天守より槍ヶ岳見え風涼し

松本城の天守に上ると槍ヶ岳が見える。城は日本の中央にある堅牢で美しい城である。天守は国宝。

雪折れの大桜咲く雪の上

白馬岳の山麓だったと思う。雪の上に大桜の大きな枝が倒れていた。折れた枝の桜も満開であった。折れたところは雪に濡れていた。

平成十三年

いくたびも仲直りして二輪草

家内と一緒に上高地へ行った。二輪草は見たことがなかったが二輪草と分かった。夫婦が仲良くなれるのは歳を取ってからのようだ。

郭公のこゑも微かに懺悔室

軽井沢に聖パウロ教会がある。古く質素な教会である。狭い懺悔室があった。その教会に遠くから郭公の声が聞こえた。托卵する郭公も懺悔しているのだろうか。

首のみを泥温泉に浮かべ梅雨深し

霧島にはよい温泉がある。泥湯は面白い。泥湯に浸かると子供のころを思い出す。子供の頃、泥を身体に塗って遊んだものだ。

愁ある馬の瞳や合歓の花

馬の眼はやさしい。睫が長い。眼を閉じると眼が睫に隠れる。犬は人を咬むが馬は咬まないようだ。

仮寝より醒めて真紅のアマリリス

アマリリスを見ているとアマリリスは私を私の知らない国へ連れて行ってくれそうだ。アマリリスは不思議な花である。

鳰高らかに鳴き五月来ぬ

かいつぶりは湖沼に生息し、潜水がうまい。魚や水棲昆虫などを捕食している。キリッキリッキリッ、キリリリリと高い声で鳴く。

乗鞍岳を空に浮かべて花林檎

高山の林檎園から見た乗鞍岳である。林檎の花は薄いピンク色をおびた白色で満開であった。林檎の花を初めて見た。

狂乱の花鶏より鷹一羽出づ

自宅の近くに広い田園がある。そこにある寒い日に花鶏が来た。二、三千の花鶏が飛ぶと空が暗くなる。その花鶏の後尾に鷹がいた。

平成十四年

牡丹咲き妻のパセリがその下に

牡丹の下は肥沃である。牛糞が入れてある。牡丹の花の咲くころ、牡丹の下に瑞々しいパセリがはびこって来た。

ばらの夜の孫らに魔女の物語

童話にはよく魔女が出て来る。孫たちは怖い話しが好きである。その孫たちは結婚する年頃となった。

阿弥陀仏池の鯰を見そなはす

平等院の前に池がある。池に鯰がいた。阿弥陀仏は美しい髭を蓄えておられた。

水ゆれて鳳凰堂へ蛇の首　青畝

の句がある。

青梅雨や傘の上から四十雀

いつの間にか俳句のようなものが出来た。

月雲にかくれ漁火はなやげり

日向灘に漁火が点りはじめていたが、月が隠れるとにわかに殖えて来た。その漁火は波に揺れて、点滅しているように見えた。

夜の雨を知らず朝の照紅葉

陸奥の旅の夜、時雨が降ったそうである。その日は芭蕉の忌日であった。私は正体なく眠り込んでいた。

平成十六年

法師湯に露の命を浮かべけり

群馬県のみなかみ町に法師温泉がある。弘法大師の開湯といわれる。温泉の上の丘に石碑があり、「ピンピンころり」と書かれている。

雪渓に額ぶっつけて河童橋

子供二人と一緒に上高地へ行った。カッパ橋から残雪の穂高を見ると、雪渓で額を撲たれたようだった。

白鳥も親子われらも孫つれて

愚息が留学しているデンマークへ行き、オランダに旅行した。水車が回り、白鳥がいた。美術館でゴッホの絵を観た。

白き夜の更けても燕飛び止まず

オランダで白夜を見た。午後十一時になっても燕が飛んでいた。

手袋に手術忘れし手を入るる

四十余年していた手術を止めた。今でも手術の夢を見る。

初蝶が大きな翅を見せに来る

私が初蝶になった気持でこの句を作ってみた。

穴太き火吹竹とは知らざりし

夜神楽の里で火吹竹を吹いてみた。息が抜けて風が出ない。火吹竹の穴が大きくなっていたのである。

平成十七年

一枝の桜引き込む梓川

嘉門治《かもんじ》小屋の壁に熊の皮が貼ってあった。梓川に沿って帰る途中、満開の桜の大きい枝が折れて、川の中に浸かっていた。それを川の流れが引き込んでいた。

良夜なり鬼の洗濯板かくれ

青島で十五夜の月見をした。大潮で潮が満ち、鬼の洗濯板は潮の下に隠れていた。

大鷭の仮面にしぶく時雨かな

家の近くに池があり、秋には鴨や大鷭たちが来る。仮面のような大鷭の顔に、時雨が降っていた。

風花に翡翠とべり室生川

室生寺の手前に室生川がある。室生川に降る風花を突っ切って飛ぶ翡翠を見た。

観潮船渦に巻かれて回りけり

鳴門海峡の大鳴門橋の下あたりに大きな渦が流れ、その渦の縁を観潮船が渦に呑まれそうになりながら遊船していた。

四十雀巣箱の穴に吸ひ込まれ

庭の巣箱に四十雀が餌を運んでいる。二、三分に一回ぐらいだろうか。親鳥は疲れているだろう。巣箱から引力が出ているようだ。

熊親子氷上に寝てあたたかし

北極熊の写真展があった。親子の熊が氷の上で幸せそうに昼寝していた。氷塊の上なのに暖かそうに見えた。

さらさらと将棋倒しの霜柱

えびの高原で七、八㎝の霜柱を見た。指先でそれに触ってみた。さらさらと将棋倒しに倒れて行った。

鼻鳴らし馬が草食む野焼きあと

都井岬の山焼を見た。ちょろちょろ燃える火の近くで野生馬たちが若草を食べていた。燃えた後の灰が鼻に入ると鼻が鳴る。

黄金週栗毛の馬が小屋を出づ

黄金週「綾」の競馬場の厩舎を栗毛の馬が出て来た。足音が響き栗毛が眩しく輝いた。

開かれし絵本の上に蠅生まる

近頃の絵本は奇麗だ。生まれたばかりの金蠅が絵本の中から出て来たようだ。

白鷺の漁に小春日乱れける

小春日和は嘘のように暖かい。風もない。池は眠っているように静かだ。ただ一羽の小鷺だけが真剣に獲物を狙っている。魚を捕った時、小春日和が乱れた。

桜時小さき手術をねんごろに

小さい手術でも手術は好きだ。小さい手術をねんごろに手術していた。

平成十七年

巣を守る雪加の声のバリケード

この雪加は川縁の葭に巣を作っていた。ヒッヒッヒッと鳴きチャッチャッチャッチャッと鳴く。近づくと鳴き声の矢が飛んで来る。

悼　大島民郎先生

御仏の耳照らしませ雛の燭

「橡」誌の副会長で俳句を愛する先生であった。耳の大きい先生でやさしい先輩だった。先生の命日は三月三日だった。

夜々おそくもどりて今宵雛あらぬ　民郎

先生の代表句である。

刈干切唄一山越えて秋澄めり

高千穂に行って「刈干切唄」を聞くとこの唄がよく分かる。山をこえた向こうから朗々と聞こえて来る。

ポケットに鍵のいろいろ鳥渡る

鳥たちの脚がロープに括られたように、私たちは鍵で家に括られている。渡り鳥を見ると孤独ではあるが、のびのびとして自由なように見える。

子雀のころゑの漏れくる鬼瓦

「野鳥の会」に入り、毎月探鳥会に参加した。野鳥のいるところには豊かな自然が残っている。野鳥のいない所では自然が破壊されている。年々野鳥は減って来ている。

星満ちて雪渓青くながれたり

室堂に妻と登った。電車は満員だった。ホテルに行く途中息が少し苦しかった。雪が少し残っていた。ちんぐるまが咲いていた。夜、青白い雪渓が私たちに雪崩れて来るようだった。

北海道

オホーツクの星や五月のオルゴール

家内は羅臼に行きたいと言ったが寄れなかった。ホテルでオルゴールが鳴っていた。日本北端の星座を見た。

青鷺の頭にとんぼ止まりけり

私は芭蕉の
「道の辺の木槿は馬に喰はれけり」
の句が好きだ。青鷺はぼんやりしていたのだろうか。

暁光に草むらの露飛びはじむ

朝日が差さないと露は光らない。朝日が射すとにわかに光はじめる。やがて露は宝石のように輝き飛びはじめる。

平成十八年

踊り癖つきたる馬に桜散る

三味線の伴奏で「東京音頭」を弾くと踊り出す馬がいる。宮崎では「ジャンカ馬」と言う。花見のイベントでこれが披露される。

イタリア

雪の辻愛の曲ひく老楽士

ローマの街角で楽士が曲を弾いていた。古い映画を見ているようだった。

ヴェスビオの寝息うかがひ遺跡見る

ポンペイの遺跡を見た。炭化した二三人の遺体が折り重なっていた。親子だろうか。

冬雀ピサの斜塔をこぼれ落つ

斜塔から雀が垂直に落ちると斜塔の傾きがよく分かる。塔がすぐ倒れそうには見えなかった。

ポンペイに貯金壺出て冬ぬくし

ポンペイには炭化した死体があり、その中の一人は貯金壺のようなものを持っていた。

鶺鴒の二羽白炎となる枯野

大淀川の川原に鉢くらいの石があった。白鶺鴒が二羽いた。その石の上で石よりも大きい白炎が立った。鶺鴒の交尾であった。

朝霞九九くり返しくり返し

長男が一年生のときである。いつも車の中で九九を暗唱した。今でも使っているだろう。

離れしを風が手をかす鴨の恋

恋の神様の吹く風に吹かれて、二羽の鴨が寄り合う。恋が始まるのだろうか。

涼風に足すくはるる河童橋

子供たちと上高地へ行き、河童橋に立った。河童から腸を抜かれたようだった。

春暁の栗鼠切株の上に立つ

学会の帰りに蘇風さんと奈良に泊まった。早朝窓を開けると若草山が見えた。春暁の切株に栗鼠が登って、両手を挙げて立った。

花冷やあわびの殻に海の色

あわびの裏の色は透明な碧色で、見る角度で色が変わる。何時見ても艶があって美しい。

夕焼けの端から端へ鶴飛べり

鹿児島の出水に、越冬する鶴が飛来する。夕方鶴たちが荒崎に帰って来る。二三百羽の鶴が鉤をつくり、夕焼けの中を滑空しながら帰って来る。

子育ての終る妻との暖房車

「橡新人賞」を受賞することになり、家内と一緒に上京した。家内は新幹線に初めて乗った。

額に来しばったたに額を蹴られけり

畳の上に寝転んでいるとき飛蝗が額に止まり、跳んだ。飛蝗の脚力が額に残った。

湧き出づる鷹を巻き込む鷹柱

十月十日頃、約一万から二万羽の鷹（さしば）が宮崎上空を渡る。延岡に上陸、都城を渡り、佐多岬へ行く。多い時には数千羽の群れを見ることができる。朝飛び立つ時、大きな渦をつくりながら上昇して南の方へ流れて行く。その鷹の渦を私たちは「鷹柱」と言っている。

平成十九年

取りもどす己が素顔に秋の風

医者がぶすっとしていると患者が心配する。無表情でもおかしい。昼休みに散歩すると、素顔を取り戻しているのに気づく。

平成二十二年

寒の鷺趾ふるはせて魚探る

趾をふるわせて小魚を追い込んで捕る。巧妙である。

朝日さし落花しづかに始まりぬ

西都原古墳の山桜に朝日が差し、梢の桜が散りはじめた。

三光鳥おしゃれ眼鏡をかけて来る

三光鳥は近くで鳴いてくれて、大きい目鏡をかけている。

ポコポコとテニス五月の空鳴らす

病院の庭のテニスの音が空から跳ね返って聞こえた。

六月の羽美しき雀かな

双眼鏡でよく見ると雀は美しい。

蛍火をときをり零す蛍籠

蛍籠が粗く編んであると籠から逃げ出す蛍もいる。

一睨みして巣を離る雀蜂

巣から離れる時一回巣から30㎝位離れて巣をよく見て、飛んで行く。

孫の絵の我が髪薄し秋の風

孫の絵は少し強調してるようだ。

衰へし歯に次郎柿やはらかし

柿の色は美しい。私たちは七人の孫に恵まれた。

白鳥の子の首眠くなりにけり

白鳥の子は眠くなると頭を支えられなくなる。

京都

金閣に降る雪見えず雪降るに

金閣が輝いて眩しく、降る雪も眩しかった。

啓蟄の泥掌中にうごめけり

子供の頃よく泥あそびをした。指の股から出るのが面白い。

平成二十三年

初蝶の目に初めてのものばかり

今生まれた蝶は今から自立しなければならない。
自立できるのが不思議に思える。

東日本大震災（平成二十三年三月十一日）

原発のニュース聞きつつ目刺焼く

日本が沈没しそうな災害である。海に流された犬のように助かるだろうか。（以下三句）

清明の海にひろがる汚染水

平成二十三年三月十一日「東日本大震災」が発生した。地震、津波、原発爆発、炉心溶融、放射能被害など大きな災害となった。二十四節気の一つ「清明」に発生し、大震災となった。震源地は三陸沖。マグニチュード9.0、仙台〜岩手に4mの津波あり。家屋・車も流され橋崩落。

漂流犬主に抱かれあたたかし

地震発生して数日後海を漂流していた飼い犬が救出され、その犬の飼い主に抱かれていた。

入学式瓦礫の中に桜咲く

東北の桜時は四月中旬頃。被災地の瓦礫の中に桜が咲き、桜の下で小中学生などの入学式が行われた。

みどり児の腹透くばかり春の蟬

みどり児の腹はやわらかい。少し青く見える。胆嚢や肝臓が透いて見えるからか。

磨崖仏蟬に鳴かれて鼻かゆし

大分の大きな石仏の鼻に蟬が止まって鳴いていた。

妻が来ておたおた新酒こぼれけり

こっそり酒をもう一杯注ぐと妻が来た。

剥製の鵜が首のばす鮎料理

長良川を見ながら小料理屋での鮎料理。鵜の捕った鮎だけを使う。

約束を違へず鶲来たりけり

尉鶲は十月下旬に宮崎に来る。シベリアの方から来るらしい。

平成二十四年

秋探し石斧すっぽり手に嵌り

石斧を握ると、古代人と握手したようだ。がっしりした手である。

切株の渦に腰かけ十二月

十二月は時間の速度が早くなる。

銀杏散り日毎日毎に馬淋し

粗末な小屋に立派な馬がいて、銀杏が散っていた。
沢山散っていた。

遠足の子らに囲まれギタリスト

遠足帰りの幼稚園生がギタリストを囲んだ。ギタリストも楽しそうだった。

今落ちし椿もっとも美しき

椿の落ちるのはよく見る。沢山の落ち椿の中で、今落ちたのが一番美しい。

夕ぐれの白薔薇彫りを深めけり

夕暮の薔薇は彫りが深くなり、彫刻的な美しさが出てくる。

羽抜鶏目玉大きくなりにけり

軍鶏の目玉は特に大きくなる。羽が抜けると脚が長くなり、脚だけで走るようになる。

霧流れ霧の中よりのりうつぎ

霧の中から霧が流れて、のりうつぎの花が現れる。

蟻地獄朝の読経を聞かさるる

蟻地獄はよく滑る。落ちたら出れない。人間も同じようなことをして生きている。

子が来れば喜ぶ妻よ鰯雲

妻の身体の動きで分かる。こんな幸せは長くは続かない。

噴煙にこもる日輪南洲忌

桜島の噴煙の中に太陽が輝くと、噴炎の周辺が輝く。

狐火のとびとぶ地球温暖化

地球を危めるのは人間たちだ。外国では山火事が続いている。

平成二十五年

ハイタッチ蟻たち蟻に出会ふたび

蟻たちは仲がよい。擦れ違う時、よくハイタッチするようだ。

岬馬雲の峰より下り来たる

都井岬の馬は、岬の雲を分けて降りて来る。胸を海の光に光らせて。

王様のおしゃれは裸羽抜鶏

神宮の杜に、人間を襲う羽抜鶏がいた。羽抜になった鶏は、凶暴になるようだ。

平成二十六年

追悼　猪島蘇風さん

落葉径君の足音いつ消えし

私の生涯の俳友を私は失った。いつも何処へ行っても一緒だった。

大腸手術を受く

ひもすがら風に吹かるる新樹かな

盲腸の腫瘍で手術を受けた。新樹が美しかった。新樹は一日中、風に揺れていた。

泳ぎゆく五月の森の木洩日を

私の後輩の二人の医師に、丁寧な手術をしてもらった。退院して新樹の木洩れ日の中を歩いたときは、うれしかった。

亡き兄のはがき一枚春落葉

兄からのはがきは、今も一枚だけ引出しにある。このはがきである。

胸中に爆ぜたるごとし檀の実

尾瀬湿原の入口に檀の実が熟していた。三メートル位の大きな檀であった。

置かれたる南瓜が尻を据ゑにけり

大きい南瓜は存在感がある。田舎の露店に大きな南瓜が売れ残っていた。

夏椿咲いて狐のお嫁入り

えびの高原に真夏咲く。白い夏椿に白雨が降りだした。狐のお嫁入りとはこんな雨だろうと思った。

鳴くたびに郭公のこゑ遠ざかる

尾瀬を去る時は淋しい。二時間ぐらい尾瀬湿原を歩いた。私を見送るように郭公が鳴いてくれた。

菊日和午後二時がすぎ三時過ぐ

時間が動かなくなることがある。菊日和の午後はそんな不思議な時間である。

光年の星のウインク年の暮

星たちは長い時間をかけて光っているが、人間の命は短かい。

平成二十七年

ぽきぽきぺきぺきぺきぽきと枯はちす

風に吹かれている枯はちすの歌である。はちすの茎はみんな枯れて折れていた。

溶けさうな昼の月ありヒヤシンス

ヒヤシンスの名が好きだ。水仙より神秘的。ヒヤシンスの声が聞こえて来そうだ。

顔に水つけて合格初プール

この孫は医師になった。やさしい医師のようだ。
顔を水の中に入れるのはむつかしい。

入学児1+1を2と言はず

誰が聞いても笑って答えなかった。

五つ六つ〇が並んで燕の巣

燕の子は口を大きく開き、餌をもらう。口が大きいので顔は見えない。

天辺に来て噴水の時止まる

天辺で水玉は一瞬止まるのではないかと思うが、時間は止まらない。

をだまきの花咲く小屋に着く夕べ

尾瀬の山小屋に着いた時の句である。おだまきの花はやさしい。

夕焼の後のワインの濃紫

家内とハワイへ行った。家内と一緒の旅も楽しかった。

海に没る太陽を背にフラダンス

海に入る夕陽を背に受けて、一人の女性がフラダンスを踊った。神々しい光が女性から発散した。

宝石のやうなウインク巴里祭

パリーのカフェーに入った。ボーイが寄って来てウインクをプレゼントしてくれた。宝石のように美しい瞳であった。

虫たちが来て動き出す時計草

停まっている時計草に虫たちが来ると、時計草が動き出す。

曲がるとき百足の脚のよく揃ふ

曲がる時脚が縺れそうだが、縺れない。カッターのオールのようによく揃う。

逃がしたる子燕部屋に戻り来る

巣から落ちた燕を飼って、飛べるようになった。肩にいた燕が庭の方に出て、また私の肩に止まった。

火口湖へ月下の霧が雪崩れ込む

えびのに行って「後の月」を見た。月に照らされた霧のかたまりが、火口湖に雪崩れ込んでいた。

十二月かぽかぽかぽと竹割れて

大きい竹を割ると、よい音がする。竹の中に籠っていた時間の弾ける音だろうか。

逃げ道を猫に塞がれ穴惑

近頃の猫は鼠を捕らない。蛇と遊んでいるのもいる。

平成二十八年

新婚のバス・ソプラノの御慶かな

近所のお嬢さんが挨拶に来られた。二人の声が歌のように聞こえた。

縄文杉の下より友の初電話

リウマチを克服した友人から、正月、電話を受けた。屋久島の縄文杉からの電話であった。

大寒や鴉は減りも殖えもせず

最近、野鳥は激減している。鴉だけは減らないようだ。殖えもしない。

ポケットに入れて膨らむ蕗の薹

雪の中からでも花穂が出てくる。そんな冷めたいのをポケットに入れると膨らんでくる。

一口の水の甘さやヒヤシンス

脱水している時に飲む水は甘い。砂漠で飲む水は甘いことだろう。

若楓風と黙約あるやうな

風と若楓は仲がよい。風がやさしいと楓もやさしい。

閉店の時間は六時巣の燕

親燕は店のシャッターの下りる時間をよく知っている。閉まる寸前まで餌を運ぶ。

今捕れし潮の滴る栄螺焼く

栄螺とりを見ながら栄螺焼を頂く。屋久島の海はサップグリーン。栄螺は拳骨のように大きい。

瓜番の手が襟首にとどく夢

子供の頃瓜番に追われたことがある。小学生の頃だった。走っても走っても瓜番の手が襟首をはなれなかった。

白菜を割れば整然たる未来

白菜の生命の未来をシミュレーションして見るようである。人間の未来もシミュレーションできるだろう。

三つ四つ円を描けば蝶生まる

コンパスで円を描き重ねると蝶が生まれてくるようだ。句の単純化に興味があった。

羽生えてある日雀の子となりぬ

裸の小鳥の雛を拾ってこれに何日も餌をやった。ある日羽が出て来て、雀の子と分かった。

道問へば遠きはくれん指さしぬ

はくれんは遠くからでもはくれんと分かる。春が来たよとはっきり教えてくれる。

蝶生まれ大きな翅をいただける

蝶の翅は大きく、美しい。大きいから翅を傷める。子供の頃、蝶を五十種ぐらい集めたことがあった。

民宿は星に囲まれ蛙鳴く

広い田圃の中に一軒、民宿があった。夕刻から朝まで蛙がよく鳴いた。空で鳴いている蛙もいるようだった。

星涼し妻のこ鼾健やかに

旅をして、妻が鼾をかくのが分った。小さな鼾であった。

日輪を金の翼の鷹かこむ

サシバの群が日輪を囲むと、サシバの翼が金色に輝く。金色のサシバの群は円を描きながら上昇して行く。

安楽死ゆるされ熟柿落ちにけり

落ちた熟柿は安らかに見えた。安楽死の必要な人もいる。

平成三十一年

露天湯の底にも初日射し込めり

由布温泉の露天湯で全身初日に照らされ、全身初日に包まれた。

傘とれば雨あがりをり初雲雀

人吉に泊まった翌朝小雨。田園散策中、空が明るくなったので傘を閉じると、雲雀の声が聞こえてきた。

縞馬の影に縞なし春の昼

縞馬の模様は明確だからすぐ分かる。しかし春昼では明かるすぎて縞が見にくいだろうと想像した。

うたた寝の手よりこぼるる雛あられ

妻の手から雛あられがこぼれた。居眠りをしたらしい。妻の病気が少しずつ進行していたかもしれない。

大旱の日輪海を破り出づ

日南の海を見下ろすホテルから、真夏の太陽が雲を破って上って来るのを見た。

終唱をそんなに急くな法師蟬

晩夏の法師蟬は鳴き方が忙しくなってくる。残る命を数えるようだ。

雪国の樏《かんじき》あそび星眠忌

信州へ旅行した。ホテルの近くに樏があり、初めて樏を履いてみた。樏をしていても膝まで雪の中に脚が入った。星眠先生との吟行が懐かしい。

暁光や氷柱をすする四十雀

氷柱の先端の水滴に朝日が射し、その水滴を四十雀が飲んでいた。

海峡を渡るフェリーに燕の巣

燕が巣を作ったフェリーが島を出た。海峡の途中の餌を心配したが、海峡の距離は二、三十分ぐらい。

虻飛んで虻より疾く翅音飛ぶ

虻の飛翔速度の方が翅音の音速より速いのだが。

虹立つや海にプラごみ溢れても

海の底に小さなプラごみが沈澱しているのをテレビで見た。海の生き物たちは死滅してしまう。

わが腕に分らぬやうに虻止まる

上手に止まり吸血するから恐ろしい。虻は、止まる時風が出ないように、上手に止まる。

昼の月花野の空の忘れ物

花野が主役で、月はぼんやりしている。そんな惚けた月も面白い。

かまくらに入り金婚祝ひけり

北海道に家内と旅行した。かまくらに二人で入った。その頃はまだ家内は歩けた。

冬の蜂目玉大きくなりにけり

絵を描く時も、誇張して描くとよく分かる。俳句でも誇張すると面白くなる。

大根は白し引くとき洗ふとき

大根を引き、その大根の土を落として大根を翻るのを見たことがある。大根は人間にやさしい野菜である。

よく合ふと言はれてからの冬帽子

人がよく合うと言ってくれるとよく合うようになる。合うと言われると帽子も自信を持ってくる。

令和二年

居たはずの妻は何処に昼寝覚

目が覚めて妻がいないと、自分の家ではないような気がする。

踏まれたる蒲公英やがて立ち上がる

蒲公英は強い。茎が折れない。特に茎が短かいとよく分かる。

令和三年

病よき日や友と蒔く花の種

句友と一緒にコスモスの種を庭に蒔いた。種の上に土を被せなくてもよいのだそうだ。

病む妻に面会禁止蟬時雨

この頃からコロナが全世界に流行った。入院している妻に逢えなくなった。妻の病気は進行した。窓から握手ができた。

小便を蟬にかけられ夏をはる

小便らしいものを頭からかけられた。

安らかな死はなし喰はるるいぼむしり

CTで私の膵臓の腫瘍がみつかった。その手術を息子にしてもらった。手術は12時間かかったそうだ。

小六月妻を乗せたき車椅子

車椅子に乗れたら妻と何所へでも行ける。車椅子を買う時間は無かった。

木の実落つ池の深くを刺すごとく

鋭い刺すような音がする日もある。風の吹く日は
木の実は池に強く刺さる。

妻大腿骨骨折

案じゐし骨折をはや梅雨の雷

すぐ手術をしてもらったがリハビリに難渋した。
リハビリで両方の大腿骨の骨折が危ぶまれた。

汝を看取るための余命ぞ竜の玉

生きる目的が一つあれば生きて行ける。硬い硬い竜の玉が欲しい。

妻の手がわが手を握るクリスマス

コロナの面会禁止が続いた。窓から手を伸ばして握手した。言葉はほとんど通じなかったが、しっかり握手してくれた。

画用紙に一本の線燕来る

博物館の土器に一本の線が画かれ、その線の先端に鳥のようなものが描かれていた。燕と思った。

令和四年

生まれたる仔馬ぐらぐら立ち上がる

擬態語を使うと句が面白くなるようだ。擬態語は面白いことばだ。

サングラス掛けて海見て若からず

サングラスに見える白波は、遠い日の青春を思わせる。若い日の夢は夢と気付かぬうちに消えるもののようだ。

芒原風の後追ふ風の声

芒原を吹き抜ける風は、狼のような声を出した。九重高原の芒は私の身長を越す。強い風が吹くと、風の後を狼のような風の音が追う。

あとがき

膵臓の手術を受けて五年になる。先日米寿も祝ってもらった。こんなに長生きするとは思はなかった。

家内が他界して二年になる。家内がいなければ生き甲斐がない。もう少し元気になったら奈良あたりを旅行したいと思っている。

芭蕉の「憂き我をさびしがらせよ閑古鳥」の句が好きだ。数年前尾瀬で郭公を聞いてそれ以来聞いていない。もう一度旅をして郭公を聞きたいと思っている。

令和六年二月十三日

石川　誠一

［著者略歴］

石川　誠一（いしかわ　せいいち）

昭和10年　宮崎県に生まれる
昭和36年　鹿児島大学医学部卒業
昭和44年　「馬酔木」初投句
平成３年　橡新人賞
平成６年　「橡」同人
平成19年　初句集『初富士』出版
平成24年　宮崎県俳人協会支部長
「月桃」創刊
平成27年　第二句集『桜時』出版
平成28年　宮崎県芸術文化賞受賞
令和３年　第三句集『車椅子』出版
令和６年　第四句集『サングラス』出版

現住所
〒880-0035　宮崎市下北方町下郷6022-18

句集　サングラス

二〇二四年二月二十日　初版印刷
二〇二四年三月　三　日　初版発行

著　者　石川誠一©

発行者　川口敦己

発行所　鉱脈社

〒八八〇－八五五一
宮崎市田代町二六三番地
電話　〇九八五－二五－一七五八

印刷製本　有限会社　鉱脈社